GEORGES LEYGUES

2039

Le Coffret brisé

Prélude par Louis Tiercelin

RHAPSODIES — RONDELS — MARINES ET PAYSAGES
FUSAINS D'AUTOMNE

Conserver la Couverture

PARIS

ALPHONSE LEMERRE, ÉDITEUR

27-31, PASSAGE CHOISEUL, 27-31

M DCCC LXXXII

Le Coffret brisé

GEORGES LEYGUES

Le Coffret brisé

Prélude par Louis Tiercelin

RHAPSODIES — RONDELS — MARINES ET PAYSAGES
FUSAINS D'AUTOMNE

PARIS

ALPHONSE LEMERRE, ÉDITEUR

27-31, PASSAGE CHOISEUL, 27-31

M DCCC LXXXII

Le Coffret brisé

PRÉLUDE

Vous m'avez dit : C'est un secret !
Gardez-le-moi, soyez discret ;
Aux cœurs jaloux je veux le taire.
Je veux cacher à tous les yeux
Mes poèmes que j'aime mieux
Environnés de ce mystère.

Puisqu'on nous appelle des fous,
Que nul ne sache, excepté vous,
La douceur du mal dont je souffre ;
Je veux l'oublier désormais
Et jeter les vers que j'aimais
Dans l'oubli comme dans un gouffre.

Vous m'avez dit : Mes vers aimés
Avec des fleurs sont enfermés
Dans ce coffret que je vous livre.
Jadis le poète amoureux
Rêvait naïvement pour eux
La blanche floraison du livre.

Mais à quoi bon? Depuis longtemps,
Les chanteurs d'amour, de printemps,
D'idéal et de fantaisie
Ne sont plus écoutés ni lus,
Et l'on compte trop peu d'élus
Dans le Ciel de la poésie.

L'air que tant d'autres ont chanté,
C'est folie ou naïveté
Chez celui qui le recommence.
Sur la guitare ou sur le cor
A quoi bon répéter encor
La sempiternelle romance?

Prenez donc ce coffret où dort
Mon passé, cher et jeune mort
Fleuri de lys et d'asphodèles,
Et dans quelque abîme profond,
Au fond, poète, jusqu'au fond,
Jetez-le de vos mains fidèles.

Plus d'idéal! Plus d'infini!
Monsieur Prud'homme soit béni
Qui m'a sauvé de la névrose.
Je vais rentrer dans le devoir,
Et désormais sans le savoir,
Si je peux, faire de la prose.

Et moi, je vous ai dit : Vous avez blasphémé !
O fou, qui reniez le Dieu de la Jeunesse,
Et qui croyez pouvoir, sans qu'un jour il renaisse,
Enfermer au tombeau l'Immortel tant aimé.

Quelles illusions avez-vous donc perdues?
Et quels espoirs se sont éteints dans votre cœur ?
Avez-vous entendu siffler l'oiseau moqueur
Qui chasse loin de nous les rimes éperdues?

Pourquoi ces mots amers, ces cris désespérés?
Pourquoi maudissez-vous la vieille Poésie ?
Quels démons ont soufflé jusqu'à la frénésie
Le doute sur la fleur de vos rêves sacrés?

Qu'importe que la foule inconstante l'ignore
Et que ses plus beaux vers demeurent incompris,
Le Poète, tranquille au milieu des mépris,
Fait vibrer sa pensée en un rythme sonore,

Et, pour qu'il soit toujours heureux et triomphant,
Malgré que la Bêtise Humaine le diffame,
N'est-ce donc pas assez d'une larme de femme,
N'est-ce donc pas assez d'un sourire d'enfant

On le dédaigne en vain ! Vainement on l'insulte !
L'oiseau chante quand même il n'est pas écouté,
Et ce n'est pas sagesse, ami, c'est lâcheté,
Si l'on rit de nos Dieux, de déserter leur culte.

Qu'importe qu'avant nous d'autres et de plus grands
Aient chanté le même hymne ou la même romance !
Des poètes divins la cohorte est immense ;
Chantons comme eux, afin qu'ils nous ouvrent leurs rangs.

Et n'allons pas jeter, nous, si croyants naguère,
Nos poèmes maudits dans l'abîme ; gardons,
Malgré tous les dédains et tous les abandons,
La foi dans l'Idéal incompris du vulgaire.

Chantons encor l'amour, l'azur et le printemps !

Chantons les fleurs ! Chantons les parfums et les ailes !

Ces naïvetés-là demeurent éternelles

Pour l'éternel bonheur des naïfs de vingt ans !

Car éternellement l'homme implore une trêve

A la réalité poignante ; il vient à nous,

Et la Muse en chantant le prend sur ses genoux,

Et l'endort consolé dans la paix d'un beau rêve.

Gardez donc le trésor que votre main m'offrait.

Ces parfums d'Idéal et ces fleurs d'Espérance

Sont les baumes divins de l'humaine souffrance ;

Aussi nous briserons ensemble ce coffret,

Et soudain, s'échappant de leur prison muette,

Pareils à des oiseaux delivrés, vos beaux vers,

Emporteront, au vol de leurs rythmes ouverts,

Plus haut, toujours plus haut, la chanson du poète.

Les Rhapsodies

A Louis Tiercelin

I

Les Lions

Au fond des oasis aux chameliers ouvertes
Une rumeur s'éveille, un lointain roulement...
Au bord des ruisseaux clairs et des sources couvertes,
Dans les jungles, des pas glissent furtivement.

Parmi les grands lotus aux coupes entr'ouvertes,
Dans la fange noyé, pleure le caïman,
Et la panthère avec un sourd rugissement
Se roule, l'œil mi-clos, sous les frondaisons vertes.

C'est le soir. — Mais là-bas, superbes et pensifs,
Près des aigles planant dans les airs bleus et vifs,
Rêvent les vieux Lions sur les montagnes chauves.

Dans l'âpre solitude, ils vivent exilés,
Satisfaits d'être seuls sous les cieux étoilés !
— Et les poètes sont pareils aux Lions fauves !

Barcarolle

Déjà le grand jour fait pâlir l'étoile,
Viens, appareillons, car le ciel est clair.
Je veux aujourd'hui fuir à toute voile
    Sur la vaste mer !

Je veux me bercer sur les vagues bleues,
Suivre des oiseaux le vol décevant,
Et, sans me lasser, dévorer des lieues,
    Ainsi que le vent !...

Regarde, le flot t'invite et t'appelle.
Par ce beau matin, ce soleil d'été,
Viens, à notre tour, déployons notre aile
    Dans l'immensité !

Viens, fuyons la terre et la multitude,
Tes bocages verts, ton site vanté...
Moi je veux m'enfuir dans la solitude,
    Dans la liberté !

Et l'âme agrandie, au souffle qui passe
Ouvrant tout à coup mon plus large essor,
Je veux m'élancer dans le libre espace
    Et plus haut encor !

A une Turque

Sous le ciel de Stamboul, la molle enchanteresse
Aux sveltes minarets, aux horizons vermeils,
Vos yeux clairs et brillants ainsi que des soleils
Ont pris cette langueur, cette étrange tristesse,

Qui vous font de mon cœur l'éternelle maîtresse.
Mon souvenir vient-il troubler vos longs sommeils ?
Et des kiosques d'or que la vague caresse
Suivez-vous, quelquefois, aux grands oiseaux pareils,

Les vaisseaux qui s'en vont, ouvrant leurs blanches voiles,
Vers l'Occident chagrin, morose et sans étoiles ?
Hélas ! Les jours finis ne sont plus rien pour vous.

Vous avez oublié les vieux amis de France,
Et passez votre vie à laisser en silence
Sur le Bosphore bleu flotter vos grands yeux doux.

Rêva-Rêva

Au temps passé de ma jeunesse,
Sur une plage enchanteresse
Que l'éternelle mer caresse,
Au pays d'où vient le corail,
Où l'on voit près des flots sans nombre
De grands bois discrets et pleins d'ombre,
A la verdure humide et sombre
Et des palmiers en éventail,

Un soir, par un doux clair de lune,
Je rencontrai sur la grand' dune
Une beauté pensive et brune
Qu'un Esprit jaloux m'enleva !

Elle avait pour toute parure
Des fleurs d'or dans sa chevelure,
Et sur sa gorge ferme et pure
Un bouquet de rêva-rêva !

Las ! pour jamais j'ai quitté l'île
Que baignait la mer indocile,
Où frémissaient dans l'air tranquille
Les grands arbres remplis d'oiseaux ;
Mais mon cœur et mon espérance
Sont restés sur le cap immense
D'où nous regardions en silence,
Ensemble, fuir les grands vaisseaux !

Oh ! sur la plage ensoleillée,
Près des sources, sous la feuillée,
Dans la forêt verte ou rouillée
Qui de vous me ramènera ?
Qui me rendra ces nuits sereines
Qui si bien endorment nos peines,
Le charme des îles lointaines
Et les fleurs du rêva-rêva !...

Matin d'Avril

C'est le matin! Dans la feuillée,
Comme aux beaux jours ensoleillée,
Le bouvreuil, le linot mutin,
Se disent bonjour, et les branches
De givre encor sont toutes blanches.
    C'est le matin !

Dans le ciel bleu, l'aurore pâle
Mène en riant son char d'opale
Sur la nue aux franges de feu,
Et l'alouette et l'hirondelle
S'élancent d'un puissant coup d'aile
    Dans le ciel bleu!

Dans le ruisseau frais qui babille
La mésange plonge et frétille,
Le merle se lave à grande eau ;
Et du blanc pommier qu'il assiège
Le pinson fait tomber la neige
        Dans le ruisseau !

L'hiver s'enfuit ! Avril se lève
Et, comme une élégante, achève
Sa toilette au milieu du bruit,
Des parfums, des chants, des murmures,
Préludes des amours futures.
        L'Hiver s'enfuit !

C'est le matin ! Dans la feuillée,
Comme aux beaux jours ensoleillée,
Le bouvreuil, le linot mutin,
Se disent bonjour, et les branches
De givre encor sont toutes blanches.
        C'est le matin !

A une Italienne

O pauvre abandonnée, ô brune Italienne,
Sous nos cieux égarée, ainsi qu'un fol oiseau,
Que venais-tu chercher si loin de ton berceau?
Dans ton pays tu n'as donc rien qui te retienne?

Je crois te voir encor dans ta robe d'indienne,
Traînant à tes talons la fange du ruisseau,
Tes noirs cheveux au vent comme une bohémienne,
Aussi pâle qu'un lis, plus frêle qu'un roseau.

Tu passais en chantant une étrange romance.
Tes yeux profonds et bleus comme la mer immense,
Erraient à l'aventure et troublaient le passant.

Tu paraissais joyeuse ou du moins résignée,
Et sur le boulevard ta tête mal peignée.
Rayonnait comme fait un marbre éblouissant.

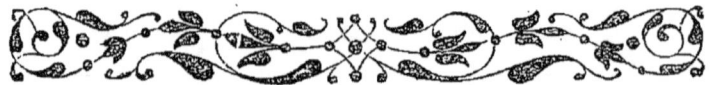

Les Yeux

J'aime de vos longs yeux la lumière verdâtre.
BAUDELAIRE.

Ne me regarde pas avec ces grands yeux verts.
Ils ont la profondeur des vastes cieux ouverts,
     Avec le charme très étrange,
La langueur inouïe et le fatal pouvoir
De ces yeux, violets ou bleus, frangés de noir,
     Que l'on rencontre aux bords du Gange.

Détourne-les, ces yeux, tantôt fiers et craintifs,
Où passent, par instants, de longs éclairs furtifs,
     Une lueur phosphorescente

Qui brille dans la nuit d'un éclat moite et doux,
Lorsque, las de lutter, je tombe à tes genoux,
      L'âme éperdue et frémissante.

Oh ! ces grands yeux noyés où nage un pleur amer,
Qu'ils sont beaux ! qu'ils sont forts! Ils sont comme la mer
      Qui nous séduit et nous opprime !
Ils sont comme les soirs d'automne, ces grands yeux,
Quand le soleil qui meurt, abandonnant les cieux,
      Descend là-bas sur quelque cime !

Fenêtre sur ton âme ouverte ; clair miroir
Où chaque initié qui veut lire peut voir,
      Saisi d'une terreur profonde,
Tes haines, tes désirs, tes fougueuses amours
Qui, pareilles aux flots, se lamentent toujours
      Dans ton cœur dévasté qui gronde !

Oh! détourne de moi ce regard fixe et lent;
Semblable au rayon d'or de quelque astre tremblant,
      Il brûle, il apaise, il caresse.
Détourne-les, ces yeux, ivres de volupté;
Ce regard pénétrant, farouche, velouté
      Qui me fascine et qui m'oppresse.

Mais non ! Ne voile pas ces soleils clairs et beaux ;
Laisse-les de mon cœur réchauffer les lambeaux,
      Et sous tes paupières soyeuses,
Dans cet iris profond, laisse-moi regarder ;
J'y vois des horizons que nul n'a pu sonder,
      Pleins de choses mystérieuses.

Reviens donc m'enivrer, déesse aux bruns cheveux,
Va, je ne te crains plus, aime-moi, car je veux,
      O la plus belle entre les belles !
Boire le cher poison que me versent tes yeux
Et, comme à mon foyer les phalènes joyeux,
      A leur flamme brûler mes ailes !

Idylle

Sous les frênes d'argent, au bord des sept fontaines
Où croissent les lilas et les fraîches verveines,
Hier je m'étais assis, au murmure des eaux,
Laissant bercer mon cœur. Les mobiles roseaux
S'inclinaient lentement sous les brises heureuses.
C'était midi. Là-bas, les cigales frileuses
Dans les verts oliviers chantaient, et le ciel bleu
Souriait à travers les arbres. Peu à peu
Je me laissais aller, emporté par le rêve,
Lorsque, soudain, pareille à l'aube qui se lève,
Je vis, par un sentier bordé d'ormes nerveux,
Une nymphe venir, qui tressait ses cheveux !
Aussitôt je m'allai dérober sous les branches,
Cependant que, traînant sur ses épaules blanches

Un voile transparent aux riantes couleurs,
Furtive, elle passait, le front chargé de fleurs !
Son pied rose effleurait les fougères à peine,
Et comme un frais parfum je sentais son haleine
Flotter plus douce encor que les muguets d'été...
Et mon cœur se gonflait d'amour tout agité !

Pourtant, sondant des yeux le bois, comme incertaine,
Sur un tapis de mousse, au bord de la fontaine
Elle laissa glisser ses voiles en tremblant,
Et dans sa nudité divine, étincelant
Comme un marbre taillé dans une roche vive,
Elle apparut, majestueuse, sur la rive !
Puis lentement, semblable à la blonde Vénus,
Sur sa gorge, en riant, croisant ses beaux bras nus,
Au sein de l'eau ridée et palpitant de joie,
Courbant ses fiers genoux, son flanc large qui ploie,
Elle se laissa choir, et je la vis frémir,
Lasse, comme un enfant qui voudrait s'endormir.
Ses cheveux dénoués, sa folle toison blonde,
S'en allaient autour d'elle, en dérive, sur l'onde.
Elle riait, cherchant à saisir de la main
Les libellules d'or aux ailes de carmin,
Et dans ces jeux charmants, naïfs et pleins de grâce,
Son col, ses seins, polis comme un onyx de Thrace,

Émergeaient, ruisselants de perles, blancs et beaux
Comme deux jeunes fleurs, comme deux fruits jumeaux.

Éperdu, je bondis de ma verte retraite.
A ce bruit, aussitôt, elle dressa la tête,
Et me voyant si près, prise d'un fol émoi,
« Par pitié, cria-t-elle, arrête, épargne-moi ! »
— O Myrto ! mes amours, ô folle Athénienne,
C'était donc toi, fatale et cruelle sirène,
Toi que j'ai poursuivie, hélas ! si vainement !
C'est Éros, qui vers moi t'amenait maintenant.
« Viens, te dis-je, là-bas, sous les muets ombrages.
Je connais un abri plein de mousses sauvages.
Je cueillerai pour toi des fruits délicieux.
Viens, je te chanterai des chants harmonieux. »
Et tu vins, dans le bois où sont les lauriers-roses,
Craintive, mais le cœur plein d'ineffables choses,
Et tu laissas, Myrto, dans un premier baiser
Ma lèvre sur ton front doucement se poser !...

Sur un Tableau

de Benjamin Constant

Triste, le front penché, dans une vaine attente,
Aux légers treillis d'or que parfument les fleurs,
Sous tes voiles, jouets des zéphyrs querelleurs,
Pourquoi donc, rêves-tu, toi, la folle inconstante ?

Tes grands yeux sont rougis et gonflés par les pleurs.
Je comprends. Ton regard, plein d'une flamme ardente,
Cherche au large horizon de la mer transparente
La frégate où tu vis flotter les trois couleurs !

Ce Franc aux cheveux d'or, à la démarche altière,
Avait su te charmer, sultane blanche et fière,
Il était devenu le soleil de tes jours;

Tu l'aimes! — Tu l'aimas en le voyant paraître;
Pour lui ta faible main eût repoussé le maître...
Et la mer sans pitié te l'a pris pour toujours!

Un Caprice

Sur un lit de cyprès, dans la pourpre étendue,
Laïs, les poings crispés, pleure et crie; elle mord
Avec de longs sanglots, ses lourdes tresses d'or,
Et puis, dans son désir implacable perdue,

Elle se tait. Partout la myrrhe est répandue,
Et sur ses beaux seins blancs d'une pâleur de mort
La lune doucement en la chambre épandue
Pose un baiser muet. On dirait qu'elle dort.

Une esclave au profil de sphinx veille en silence,
Et, près d'elle accroupie, en souriant, balance
Un large éventail bleu sur son front pâlissant ;

Mais Laïs veut mourir, à moins qu'on ne lui mène
Ce jeune Athénien — il a vingt ans à peine —
Que chez Lysippe hier elle vit en passant.

Un Rondeau

La Rose est la fleur la plus belle ;
Son pourpoint fragile étincelle
Des perles de l'Aurore en pleur,
Et c'est dans les roses en fleur
Qu'Éros vient parfumer son aile.

Malgré tout je préfère celle
De Saint-Malo, la Jouvencelle,
Dont le teint défie en fraîcheur
      La Rose.

Elle a de grands yeux de gazelle
Et sous sa coiffe de dentelle
Un front éclatant de blancheur,
Cependant qu'un souris vainqueur
Plisse sa bouche qui rappelle
La Rose.

Silène

Le vieux Silène est un peu gris;
Sur une outre vide il repose,
Et de sa lèvre demi-close
S'échappe le nom de Cypris.

Sous l'ombrageuse retombée
D'un hêtre il goûte le sommeil.
Son visage est calme et vermeil,
Sa couronne à terre est tombée.

Il est nu; mais ses doigts tremblants
Sous l'aile des douces pensées
Frémissent; aux mousses froissées
Se mêlent ses longs cheveux blancs,

Et sous l'épais couvert des branches,
Dans les fleurs, étouffant leurs pas,
Riant et montrant leurs dents blanches,
Trois faunesses se parlent bas.

Madrigal

Madame, à voir ce frais visage,
Ces yeux au doux rayonnement,
Cette taille et ce front charmant,
Nul ne devinerait votre âge,
Madame, à voir ce frais visage.

Personne ne s'en douterait,
A voir cette élégance exquise,
Cet air noble et fier de marquise,
Ce pied qu'une fée envîrait ;
Personne ne s'en douterait.

Moi seul le sais et puis le dire
Cet âge que plus d'un voudrait
Connaître; mais c'est un secret.
On aura beau faire et sourire,
Moi seul le sais et puis le dire.

Celui qui voudra le savoir
Perdra son temps et son courage;
Quand on est belle on n'a point d'âge,
Et tous deux nous rirons de voir
Celui qui voudrait le savoir.

Sous les Marronniers

Sous les grands marronniers de la verte avenue,
Ce soir, lorsque la nuit envahira les cieux,
Venez, près de la source où Biblis, blanche et nue,
Dort au doux bruit des eaux, parmi les joncs soyeux.

Voilà bientôt dix ans, nous y vînmes ensemble ;
Vous aviez peur alors, et me pressiez la main,
Lorsque l'ombre du bois qui frissonne et qui tremble,
Sous vos pas, tout à coup, effaçait le chemin !

3

Vous souvient-il? Là-bas, dans les branches d'un saule,
Près de l'étang paisible, un rossignol chantait;
Votre tête s'en vint rouler sur mon épaule
Et je mis votre main sur mon cœur qui battait...

Je vous prenais alors pour une jeune fée,
Avec vos bruns cheveux, vos yeux doux et troublants;
D'un thyrse de lilas vous vous étiez coiffée
Et portiez au corsage un bouquet d'œillets blancs.

Et nous allions, ainsi que l'on va dans un rêve,
L'un près de l'autre, émus et regardant en nous
S'éveiller, comme on voit un astre qui se lève,
Cet amour ignoré, si fatal et si doux!

Que disions-nous? Hélas! pourriez-vous le redire?
Nous parlions d'avenir, de foi, d'éternité!
Et les mots s'achevaient tantôt dans un sourire,
Tantôt dans un serment par la brise emporté!

Ah! ne fût-ce qu'un jour! ah! ne fût-ce qu'une heure,
Mon âme fut à vous, votre cœur fut à moi :
On peut se séparer, la blessure demeure;
On n'aime bien qu'un jour, c'est l'inflexible loi.

Car, dans ce pauvre monde où tout passe et s'oublie,
Rien ne nous tient au cœur plus que le souvenir
De ces jeunes amours, sans absinthe et sans lie,
Si fortes cependant que nul n'en peut guérir !

Aussi, sous les grands bois, dans la verte avenue,
Ce soir, lorsque la nuit envahira les cieux,
Venez près de la source où Biblis, blanche et nue,
Dort au doux bruits des eaux, parmi les joncs soyeux.

Voilà bientôt dix ans, nous y vînmes ensemble,
Vous aviez peur, alors, et me pressiez la main.
Et maintenant, c'est moi qui pâlis, et qui tremble
De vous y rencontrer, seule, au bout du chemin !

Les Fous

Comme un vaisseau battu par d'éternels autans,
Sans boussole et sans capitaine,
Perdu sous des cieux morts où brillent par instants
Un éclair, une aube incertaine,

Leur esprit démâté s'en va cherchant toujours
Sur les vagues tumultueuses.
Le temps fuit, et les jours s'entassent sur les jours,
Sans qu'on touche aux rives heureuses !

Vers quels bords voguent donc ces pâles voyageurs ?
     Ils s'en vont aux pays du songe,
Où sont les grands amours, les dieux fiers et vengeurs ;
     Mais, hélas ! où tout est mensonge !

Voyez-les lever l'ancre en poussant de grands cris,
     Le cap du côté de l'aurore,
Tendant vers l'horizon leurs grands bras amaigris,
     Leurs yeux qu'un sombre feu dévore !

Mais le lointain voilé ne se découvre pas ;
     La nuit épaissit ses ténèbres,
Et sans trêve autour d'eux montent à chaque pas
     Des sanglots et des voix funèbres.

Quelquefois, loin... bien loin !... le soleil radieux
     Se montre en déchirant la nue,
Et le vaisseau bondit plus fier et plus joyeux,
     Cinglant vers la Terre Inconnue !

Mais l'éclaircie est courte, hélas ! et sans repos
     Le vent mugit, l'orage gronde,
Et le soleil vaincu fait place au noir chaos
     Sur la mer fatale et profonde...

Et comme un vieux steamer sans cesse cahoté,
  Frêle jouet des vagues sombres,
Leur faible esprit, d'espoirs en espoirs ballotté,
  Se perd au sein des froides ombres,

Jusqu'au jour où, venant des profondeurs sans bruit,
  La Mort, ce pilote sévère,
Prendra le gouvernail et de l'avide nuit
  Les conduira vers la lumière ;

Où, joyeux, ils verront sur l'horizon des mers,
  Vision longtemps poursuivie !
Surgir le pays bleu de leur rêves amers,
  Celui de l'Éternelle Vie !

Le Portrait

N'avez-vous pas au fond de quelque ancienne chambre
Où vous n'osiez entrer quand vous étiez enfants,
Un de ces vieux portraits des âges triomphants
Dont l'éclat terne a pris les tons fauves de l'ambre ?

Dans son grand cadre noir et son corsage bleu
Une femme sourit ; mais un chagrin l'oppresse,
Car un moite rayon d'incurable tristesse
Nage dans ses yeux doux jadis si pleins de feu.

Mais venez, regardez. La taille est souple et fine,
Et, malgré que le temps ait pâli la couleur,
La belle a conservé sa noble et fière mine,
La main est toujours blanche et les lèvres en fleur ;

Car elle vit toujours sous ses roses fanées;
Son cœur bat néanmoins encore, et doucement
Elle écoute, et revit dans un rêve charmant
Ses royales amours et ses jeunes années !

Et quand vous regardez par hasard ce portrait,
Vous vous dites : Pardieu, cette femme était belle.
Quelle fut sa patrie ? En quel temps vécut-elle ?
Qui l'aima ? Qui la pleure ? Et quel est son secret ?

Mais nul ne reconnaît la blonde délaissée
A l'air mélancolique, aux longues tresses d'or,
Et c'est elle pourtant, qui, blanchie et cassée,
Chaque soir près de vous, au coin du feu s'endort ;

Car c'est l'aïeule enfin ! l'aïeule faible et douce,
La vieille aux grands bonnets de dentelle fleuris,
Qui sourit aux enfants mutinés et qui tousse
En croisant sur leurs fronts ses longs doigts amaigris !

Une Rencontre

Quel rêve t'obsédait ? quel était ton dessein ?
Sur les rochers déserts qui bordent le rivage,
Tu passais, bravant tout, les embruns et l'orage,
Mince et cambrée, avec des fleurs rouges au sein.

Où t'en allais-tu donc ainsi, belle inconnue ?
Tu menais un baby de froid pâle et tremblant,
Une fillette blonde et presque demi-nue
Dans sa robe lilas, sous son grand chapeau blanc.

Je ne t'ai plus revue, ô ma folle étrangère,
Tu partis, et c'était pour ne plus revenir ;
Mais au fond de mon cœur, comme en un reliquaire,
Près des amours défunts j'ai mis ton souvenir !

Après le bal

Hier je te rencontrai — le bal était fini —
Des diamants au front, comme une souveraine ;
Sur le vaste escalier de jaspe et d'or bruni
Tu laissais fièrement rouler ta large traîne.

Comme on fait à Longchamps quand passe le vainqueur,
La foule t'entourait; on te proclamait reine ;
Mais toi tu t'en allais, dans ta grâce sereine,
Impudiquement belle avec ton air moqueur !

Tu partis. — Deux pur-sang attendaient à la porte
Avec un grand monsieur qui te prit par la main ;
Et comme, pour braver, je disais : Que m'importe ?
Ma vieille passion se réveilla soudain !

Je te suivis. Hélas ! c'était une folie,
Car le coupé bientôt disparut à mes yeux.
La lune tristement roulait au fond des cieux...
Je m'en allai, le cœur plein de mélancolie !

Spleen et Idéal

I

Cette brume éternelle et ce ciel toujours gris
    Où roulent des nuages sombres
Ont obscurci mon cœur, désolé mes esprits,
    Laissé mon âme pleine d'ombres.

Fuyons! fuyons bien loin! Au pays du soleil
    Je veux aller noyer ma peine;
Je veux vivre là-bas dans un palais vermeil,
    Dans une tour de porcelaine!

Sur le bord du grand fleuve où glissent tout le jour
      Les jonques aux voiles légères
Et les yachts pleins de fleurs où se cache l'amour
      Des mandarins aux fronts sévères !

Aux pays fortunés des grandes mers battus,
      Où le ciel sourit et flamboie,
Où sont les monstres bleus d'or et d'argent vêtus,
      Les mendiants couverts de soie.

Et sur la rive claire, à Pékin ou Canton,
      La ville aux jaunes mandarines,
Dès que j'aurai dressé mon kiosque de carton,
      Mon toit aux dentelures fines,

Je m'en irai chercher par la rue, en passant,
      Une fille aux longues prunelles,
Aux pieds étroits, à l'air pensif et caressant,
      Une belle entré les plus belles,

Dont les ongles seront pointus à faire peur,
      Les yeux noirs et cernés de franges,
Et dont la joue aura l'éclat cher et trompeur
      Des citrons d'or ou des oranges ;

Et lorsque je l'aurai trouvée, en mon palais
    Je l'emmènerai, la sournoise,
Puis je lui ferai don d'un beau poignard malais
    Et d'une robe de turquoise.

Pour mieux gagner son cœur changeant comme la mer,
    Son âme inconstante et hautaine,
Et pour jamais, chassant le souvenir amer,
    Peut-être s'enfuira ma peine.

II

Alors, comme eux, devant l'horizon enflammé,
    Le port où dorment les navires,
Je rêverai, chantant le zéphyr embaumé,
    L'aurore pleine de sourires...

Laissant mon cœur, gonflé d'espérance et d'amour,
    Mes esprits déployer leurs ailes
Pour monter dans le ciel, ainsi que dès le jour
    On voit monter les hirondelles !

Et je vivrai, pareil au sage redouté,
    Discourant avec les nuages,
Faisant sur le Devoir et sur l'Éternité
    De grands discours de plusieurs pages.

Et mes jours s'en iront paisibles et joyeux,
    Pareils à la blanche fumée,
Comme vont vers l'oubli l'éclair de vos beaux yeux,
    Le parfum de la fleur aimée !

A la Liberté

Martyre trois fois sainte, immortelle exilée
Qui pardonne toujours, et, depuis dix mille ans,
Plus pâle que le Christ, comme lui mutilée,
Sur le vieil univers traîne tes pieds sanglants,

Tu revenais vers nous, joyeuse et consolée,
Portant dans ta chlamyde aux plis étincelants
L'oubli des maux soufferts ; mais ils t'ont violée,
Ils ont souillé ta bouche et meurtri tes bras blancs !

Fuis donc, et vers les cieux ouvre tes blanches ailes !
Va-t-en, va-t-en là-haut avec les hirondelles,
Avec les aigles roux, dans l'immense clarté.

Cherche dans l'infini quelque astre solitaire,
Où tu pourras enfin, loin, bien loin de la Terre,
Réaliser ton rêve, o mère, Liberté !

Le Dragon

I

Pourquoi ne suis-je pas un de ces dragons verts
        Qui, sur les bronzes de la Chine,
Se prélassent, leurs yeux glauques tout grands ouverts,
        Traînant leur tortueuse échine,

Au milieu d'un fouillis d'arbres nains et géants,
        De palais, de temples bizarres,
Au bord d'un fleuve bleu, près de ces Océans
        Où germent les fleurs les plus rares !

II

Près du monstre joyeux — sans s'en apercevoir —
    Avec ses jupes retroussées,
Une beauté se glisse, et lui, pour la mieux voir,
    Lève ses paupières froncées.

Elle marche à pas lents, et, dans sa blanche main,
    Balance deux tiges fleuries,
Et sur le frais parfum de pêche et de jasmin
    Flottent ses vagues songeries.

A sa ceinture brille un fragile éventail
    Orné de pierres précieuses,
Tandis que son pourpoint, rehaussé de corail,
    Trahit ses formes gracieuses.

Elle a les pieds étroits ; dans son chignon soyeux
    Des épingles d'or sont plantées,
Cependant que le kohl cerne ses larges yeux
    Aux prunelles diamantées!

III

Et le monstre, saisi d'uu vague étonnement,
  Devant la beauté sans pareille,
Pour ne pas la voir fuir, se tait, et doucement
  Referme sa gueule vermeille !

Intérieur

C'est un boudoir tendu de bleu rehaussé d'or,
Encombré d'objets d'art merveilleux et bizarres :
Terres cuites, émaux, ivoires, bronzes rares.
Dans un vase où l'on voit un satyre qui dort

Un bouquet de lilas tout frais coupé s'étale,
Tandis que de la rue, en ce temple charmant,
Un jour faible et bleuté monte discrètement
Et sur les cuivres vieux accroche un reflet pâle.

Devant l'âtre se dresse un écran de lampas ;
Les rideaux fins et lourds laissent traîner leurs franges,
Et l'on se sent le cœur pris de désirs étranges
Sur ces riches tapis où s'étouffent les pas.

Nocturne

> Voici le crépuscule, c'est l'heure des
> fleurs mourantes, des verts sombres et
> des ciels pâlis!
>
> A. GILL.

Voici venir le soir, « l'heure des ciels pâlis,
    Des verts sombres, des fleurs mourantes »
    L'heure ou dans les airs amollis
    Flottent des senteurs enivrantes!

Voici venir le soir, les cieux sont enflammés,
    C'est le tendre et doux crépuscule;
    Dans le parc endormi, circule
    L'âme des lotus embaumés!

Voici venir le soir, dans les combes muettes
    Où s'éveillent d'étranges bruits,
    Des troupes de grises chouettes
    Chantent à l'ombre des vieux buis.

Voici venir le soir, à travers les grands arbres,
    Coulant comme un ruisseau de lait,
    La lune accroche un doux reflet
    Sur les gazons et sur les marbres.

Tandis que dans le lac au clair miroitement,
    Où l'orme fait tremper ses brauches,
    De grands cygnes aux ailes blanches
    Voguent silencieusement!

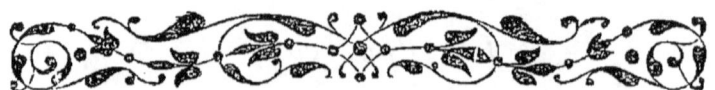

L'aïeul

Demain tu compteras quatre-vingts ans finis !
Robuste est ta vieillesse, et féconde ta force ;
Le temps n'a pas encore mordu ta rude écorce,
Et tes jours seront longs, car Dieu les a bénis !

Je t'admire, vois-tu, car sur ta tête blanche
La neige qui tomba n'a pas glacé ton cœur,
Car si ton large front un peu plus bas se penche,
Ton âme est toujours jeune et ton rire vainqueur !

Ce rire franc et doux, qui si souvent encore
Éveille les échos de l'antique maison,
Pareil, quand vient avril, à l'immense frisson
Des vieux chênes joyeux qui vibrent à l'aurore !

Ah! garde-là longtemps cette chaude gaîté,
Qui, semblable aux vins clairs des côtes Cadurciennes,
Le vin de ton pays, chante la liberté,
Endort les noirs chagrins et les peines anciennes!

Hier je te regardais, sous ton grand feutre noir,
Toujours alerte et droit, tu passais par la place;
Fier plébéien, la vie éclatait sur ta face,
Et vraiment tu faisais très vif plaisir à voir!

Et moi je me disais : Grande encore est sa force!
Que font les printemps morts, que font les ans finis!
Le temps n'a pas encor mordu sa rude écorce,
Et ses jours seront longs, car Dieu les a bénis!

Élégie

Ainsi, la voile est prête et tu vas nous quitter !
Le toit de Palémos où tu vins t'abriter,
L'âtre clair, où, devant ce grand feu de feuillage
On t'apporta, la nuit, après ce grand orage
Qui brisa sur nos bords ton fragile vaisseau,
Seront déserts ! — Hélas ! tu fuis comme l'oiseau
Qui, pour une saison, au portique du temple
Suspend son nid d'argile ! — Attends, bientôt ensemble
Aux bords que tu chéris, nous irons si tu veux,
Ou plutôt avec nous reste pour vivre heureux !
Tu détournes la tête ! Et pourtant dans notre île
Le ciel est plus clément, la terre plus fertile !

Nos troupeaux sont nombreux, et jusque dans la mer
Nos vignes font tremper leurs pampres, et dans l'air
Tout le jour on entend, auprès des fleurs vermeilles,
Le bourdonnant essaim des frileuses abeilles!
Regarde ces prés verts et ces blondes moissons,
Ces vergers qu'épargna la rigueur des saisons,
Ces oliviers touffus et ces vieux bois de hêtre,
Tout cela t'appartient, reste, reste, ô mon maître.
Mais tu ne m'entends pas, et ce calme enchanteur
Ne peut te retenir, hardi navigateur.
Que dis-je? tu me fuis et ton âme s'élance
Sur la mer qui t'appelle et te prend sans défense!

Ah! puisque c'en est fait, puisque ton cœur fermé
N'écoute plus ma voix, toi, que j'aurais aimé,
Hé bien, pars! Dans le bois sacré du promontoire
Je vais prier Thétis, la reine aux bras d'ivoire,
La déesse aux yeux verts, de veiller sur tes jours,
De modérer les flots qui mugissent toujours.
Va, les blancs alcyons, sur la mer incertaine
T'ouvriront le chemin. Et les frères d'Hélène,
Ces astres doux et purs qui brillent dans les cieux
Moins vifs que ton regard et moins clair que tes yeux
Te guideront. Et moi, des murs blancs de la ville,
Sondant l'horizon bleu de la mer indocile,

Tandis que, confiant en tes heureux destins,
Tu vogueras, joyeux, vers les pays lointains,
De l'aube jusqu'au soir tout constellé d'étoiles,
Je m'en irai veiller, seule, comptant les voiles
Qui reviennent au port dès que baisse le jour,
Le cœur triste et tout plein de mon fatal amour !

Hymne à Bacchus

Evoe! Parce Liber!
HORACE.

Toi par qui sont domptés nos plus âpres soucis !
Toi que nous implorons en nos noires détresses,
O rose Dionyse, Evan aux lourdes tresses,
Je dépose à tes pieds ces beaux pampres, roussis
Au soleil de la Crète, et ces grappes vermeilles.
Je t'offre ces miels blonds, ravis à mes abeilles,
Cette coupe d'argent qu'enlace un lierre d'or
Et que nulle liqueur n'a déflorée encor !
Je marierai pour toi les flûtes aux cymbales ;
Au timon de ton char vingt jeunes filles pâles,

Traînant à leurs talons polis leurs longs cheveux,
Demain s'attelleront, ô maître, si tu veux,
O Dionyse, ô Roi dominateur du monde !
Regarde ces vaisseaux légers qui fendent l'onde ;
Ils reviennent des bords lointains de l'Égyptus,
Où vit le lynx subtil, où fleurit le lotus ;
Ils ont bravé les vents, méprisé les étoiles,
Et, malgré le grand prêtre, ouvrant leurs blanches voiles,
Ils sont allés pour toi, sur ces bords ignorés,
Chercher les doux parfums et les philtres sacrés
Qui jettent dans les airs de suaves haleines
Et nous font les yeux clairs et les âmes sereines !
Gloire ! gloire à celui que suivent les sylvains
Et les faunes, Bacchus, qui fait rougir les vins !
O divin endormeur des souffrances humaines,
Je veux sur ton autel vider cent cuves pleines,
Car je t'admire, ô Dieu très puissant et très doux,
Immortel fils de Zeus, Iacchus qui verse à tous
L'oubli, l'oubli vainqueur qui sait dompter nos peines !

Le Dix-huit Août

C'était le dix-huit août. — Te rappelleras-tu
Cette folle équipée et nos longues tendresses ?
Dans le vieux cabaret de mousse revêtu,
Aux parfums de ta chair et de tes blondes tresses,
Je sentis s'envoler mes lointaines tristesses
Et mon rêve fleurir ! — Te rappelleras tu ?

I

Nos doigts s'étaient noués, comme au temps des vendanges
Les pampres de la vigne, et dans tes beaux yeux gris,
Sous tes cils veloutés, aussi longs que des franges,
Je regardais, le cœur plein de choses étranges,
Ton âme palpiter comme un oiseau surpris !

Où courions-nous, dis-moi, sur la route poudreuse ?
Qu'importe ! Nous allions au gré de nos chevaux,
Sans souci du chemin et par monts et par vaux,
Et, le cœur débordant, l'âme toute joyeuse,
Nous chantions notre amour et nos rêves nouveaux !

Puis nos regards flottaient sur le gai paysage.
Les fossés étaient pleins de fleurs, de joncs soyeux ;
La Garonne était verte, et dans le fond des cieux
D'un bleu dur et profond, comme en un jour d'orage,
Roulait un grand soleil qui poignardait les yeux.

Et dans les froments d'or, avec leurs fortes hanches,
Des femmes s'en allaient, fauchant, d'un bras vainqueur,
Tandis qu'au bord de l'eau de grandes fermes blanches,
Qui comme un nid d'oiseau se cachent dans les branches,
Nous regardaient passer d'un air doux et moqueur.

Soudain tu crias : Halte ! à travers la portière ;
Un fin clocher pointait dans les grands chênes verts,
Et sous ses pignons noirs, ruinés par les hivers,
Un cabaret portant : *Café, Liqueurs et Bière*
Semblait nous convier, joyeux, les bras ouverts.

Oh! l'ancienne maison, avec sa porte ovale,
Ses meubles désunis, vermoulus et charmants.
C'est là, sous son vieux toit, dans cette antique salle,
Près d'un billard boiteux, que de ta lèvre pâle
Tombèrent tes aveux et tes premiers serments !

O beaux jours d'autrefois, félicité passée !
Vous êtes loin déjà ! morts, avec nos vingt ans !
Vous ne reviendrez plus et sans cesse j'entends
La vieille au front blanchi qui, de sa voix cassée
Nous disait : Mes amis, tout cela n'a qu'un temps !

II

C'était le dix-huit août. — Te rappelleras-tu
Cette folle équipée et nos longues tendresses ? —
Dans le vieux cabaret de mousse revêtu,
Aux parfums de ta chair et de tes blondes tresses,
Je sentis s'envoler mes lointaines tristesses
Et mon rêve fleurir ! — Te rappelleras-tu ?

Pan

Dans le tronc de figuier où l'artiste sculpta
Sa bouche au large rire et sa barbe crépue,
Pan, le dieu des pasteurs, l'âme bonne et repue
De l'encens et des vœux que chacun apporta,
Est attentif. Il voit dans les grasses prairies
Les nobles étalons, les taureaux aux fronts blancs,
Qui labourent le sol dans leurs fougueux élans;
Et baissant son regard sur les herbes fleuries,
Les insectes, pareils aux vertes pierreries,
Qui vibrent, pleins d'amour et de feux ruisselants!

Mais le jour fuit. Le vent fait frissonner les branches,
Et voici que le dieu surprend des formes blanches,
Et qu'il entend, là-bas, plein d'un trouble charmant,
De longs bruits de baisers monter confusément !
Lors il se tait, dressant ses oreilles pointues,
Et perdu de désirs, au bord des claires eaux,
Il écoute inquiet, blotti dans les roseaux !

Pan aux jambes de bouc, aux épaules vêtues
De la peau de panthère au pelage changeant,
Dieu couronné de pin, aux deux cornes d'argent,
Toi que les faunes roux et les naïades blondes
Poursuivent en criant dans les longs soirs d'été,
Dieu de paix et d'amour aux passions fécondes,
Pan au rire éternel, ô Pan dieu de bonté !
Combien, depuis le temps où sous l'antique ombrage
Des pâtres amoureux cachèrent ton image,
Depuis que les joncs frais et les églantiers blancs,
Comme un manteau d'hiver, envahirent tes flancs,
Combien en as-tu vus qui sur les mousses vives
— Hardis adolescents, jeunes filles craintives —
Vinrent furtivement, quand s'en allait le jour,
Oublier les soucis dans les jeux de l'amour !
Combien qui, se croyant trop seuls, douce folie !
Te livrèrent, ô dieu, leur plus tendre serment

Et leurs cœurs, qui, pareils aux harpes d'Éolie,
Sous l'aile des baisers vibraient joyeusement !
O Pan, tu leur prêtas tes retraites propices,
Tu ne les troublas point dans leurs doux sacrifices ;
Mais leurs chants, leurs soupirs, furent doux à ton cœur
Plus que les lyres d'or et les hymnes du chœur !
Aussi je te salue, ô dieu que rien n'étonne,
Et je viens déposer, puisque voici l'automne,
Mon meilleur lait, mes fruits, orgueil de mes vergers,
Sur ton autel de bois que le lierre festonne,
O Pan harmonieux, ô Pan dieu des bergers !

Clair de Lune

O la Lune, la Lune avec sa face blême!
Comme elle fait rêver, comme elle est douce à voir!
On dirait un écu sur le fond du ciel noir.
    Pour les poètes, quel beau thème
Que la Lune, la Lune avec sa face blême!

*
* *

    Le cor mélancoliquement
    Sonne, là-bas, dans les clairières,
    Éveillant le long des rivières
    Les échos sur le flot dormant.

La nuit vient, tiéde, sans haleine,
Le vent s'endort au fond des bois;
Et, d'un œil attristé, je vois
L'ombre qui s'étend dans la plaine.

Les sentiers fleuris sont déserts,
Les oiseaux ont ployé leurs ailes;
Calme, sur les nuages frêles
S'avance la reine des airs !

Rien ne bouge, rien ne respire;
Les bruits s'éteignent peu à peu,
Et les eaux où l'astre se mire
S'illuminent d'un reflet bleu.

Mais soudain le ciel pur se voile;
La Lune, d'un air effaré,
Ainsi qu'un brick à toute voile,
Sillonne l'espace azuré.

Et voilà que dans la rafale
Tout à coup, pensif et muet,
Lèvre dédaigneuse, front pâle,
Se dresse le spectre d'Hamlet !

Voyez, voyez la Lune avec sa face blême
Galoper sur les toits où rêve le chat noir;
Une tête coupée est moins hideuse à voir.
      Oh ! le fantastique poème
Que la Lune, la Lune avec sa face blême!

*
* *

    Astarté, reine tutélaire,
    Je bénis ton charme subtil,
    Mais dis-nous dans quel noir exil
    Se perd ta course solitaire?

    De quel monde silencieux
    Tu reviens, lorsque, toute pâle,
    Dans ta robe fine d'opale
    Tu t'en vas à travers les cieux ?

    Et que sur les eaux que tu soûles
    Dans le silence de la nuit,
    Triste et pensive, tu déroules
    Tes voiles lumineux sans bruit?

Ah! tu caches, vierge muette,
O Séléné, mère du Temps,
Ta peine incurable et secrète
A tes innombrables amants!

Tu te tais; mais fière et ravie,
Du haut des espaces déserts,
Tu fais sourdre et bouillir la vie
Dans les flancs du vieil Univers.

Et par la grand'route étoilée,
A travers le bleu firmament,
Reine, langoureuse et voilée,
Tu marches éternellement!

L'Ame des choses

Laissez passer le temps, laissez faire aux années,
Et tous ces mille riens — rubans, lettres, parfums,
Cheveux d'ébène ou d'or, portraits, roses fanées —
Sauront vous rappeler vos beaux rêves défunts.

Fuyez si vous voulez et parcourez le monde ;
Oubliez, vieillissez. Sur les flots incertains,
Comme le laboureur, dans la terre féconde,
Creusez votre sillon. Sous les climats lointains,

Allez vivre ! Changez d'amour et de patrie,
Sur tous les continents et sur toutes les mers
Promenez vos désirs ou votre rêverie,
Noyez tous vos regrets, vos souvenirs amers !

Et lorsque de ce long et pénible voyage
Votre cœur endurci se trouvera lassé,
Revenez, et, pliant sous la fatigue et l'âge,
Frappez à la maison où vous fûtes bercé !

Qu'importe d'être fou ! qu'importe d'être sage !
Rien qu'en apercevant l'antique et noire tour,
Vous sentirez des pleurs brûler votre visage,
Vous entendrez au loin comme un écho d'amour !

Rien qu'en reconnaissant la claire et vaste chambre
Avec ses cadres d'or, ses rideaux bleus et blancs,
Où l'aïeule, courbée aux rigueurs de décembre,
Devant l'âtre chauffait ses pauvres doigts tremblants !

En face des portraits jaunis par la fumée,
Du vieux sabre qui pend toujours sur le mur gris,
Devant la haute armoire étroite et parfumée
D'où monte, quand on l'ouvre, un frais relent d'iris,

Vous sentirez vibrer dans le fond de votre être
Une fibre inconnue, et, cher et doux tourment,
Ainsi que des oiseaux dans la cime d'un hêtre,
Tous les vieux souvenirs s'éveiller lentement!

Marche de Bohémiens

A G. DERENNES

La horde étrange et vagabonde
Qui s'en va par la plaine blonde,
Ce sont les écumeurs du monde !

Derrière leurs chars gémissants,
Dans leurs haillons éblouissants,
Ils passent, fiers et méprisants !

Les bohémiens noirs et farouches
Ont replié leurs rudes couches ;
Leurs grandes pipes à leurs bouches,

Leurs bâtons ferrés à la main,
Ils gravissent l'âpre chemin :
Ils seront déjà loin demain !

Aujourd'hui sur le bord du fleuve,
Près de l'étang qui les abreuve,
Ou dans la steppe blanche et veuve

Ils campent ; qu'importent les lieux !
Sans foyer, sans maîtres, sans dieux,
Librement ils vont sous les cieux.

Comme des oiseaux de passage,
A la mine altière et sauvage,
Ils vont de rivage en rivage,

Sur la grand'route à découvert,
Par la forêt, le vallon vert,
Bravant l'été, bravant l'hiver.

Ils marchent, ils marchent sans trêve !
Franchissant, comme dans un rêve,
Les grands lacs et le mont qui lève

Ses sommets bleus à l'horizon.
Que fait le ciel ou la saison?
Le monde entier c'est leur maison !

Et toujours avide d'espace,
Leur bande fantastique passe :
On dirait que le vent les chasse !

Sérénade

Depuis huit jours, j'ai beau me mettre
Chaque matin à ma fenêtre,
Qui donc, mignonne, vous défend
Vers moi de détourner la tête ?
Vous pensez faire la coquette
Et vous ne faites que l'enfant!

On vous dit qu'il faut être sage.
Certes, c'est un bel avantage ;
La sagesse est un très grand bien :
Mais quand on est jeune et jolie,
Croyez-m'en, un brin de folie
En vérité ne gâte rien !

Qui donc de la vertu sévère
Vous fit ce portrait de mégère?
Les philosophes vous diront
Qu'elle n'est point aussi farouche,
Que les ris naissent sur sa bouche
Et qu'elle a des roses au front!

Hélas! les heures ont des ailes;
Comme les noires hirondelles,
Elles vont vite et le temps fuit!
Que n'y songez-vous, ma sultane?
Si vite le printemps se fane,
L'aurore est si près de la nuit!

Les Hiboux

Perchés en rond, muets et graves,
Au bord des puits qu'on a comblés,
Les hiboux, qui ne sont pas braves,
Doucement se sont assemblés.

La nuit arrive pleine d'ombre,
Froide et triste, car c'est l'hiver,
Peuplant de fantômes sans nombre
Le cloître à tous les vents ouvert.

Et l'on entend un grand bruit d'ailes,
Un frôlement doux et confus,
Avec des soupirs de voix grêles
Sous les grandes voûtes perdus.

Ce sont les hiboux! Ils s'appellent
Et se rassemblent dans la nuit,
Cognant aux piliers qui chancellent,
Leurs ailes qui volent sans bruit.

Leurs prunelles phosphorescentes
Au loin percent l'obscurité ;
Fixes, farouches, menaçantes
Dans leur longue immobilité.

Et voilà pourtant les vrais sages
Pour qui la science est un jeu !
Ils sondent l'avenir des âges,
Pensent beaucoup et parlent peu.

Et tourmentés de tout connaître
Ils méditent, soir et matin,
L'éternel « Être ou ne pas être ! »
Perdus dans un rêve sans fin !

Crépuscule romantique

Quand le jour va finir et qu'on entend à peine
Les chants des laboureurs qui passent dans la plaine,
    Et les cloches aux voix d'airain ;
Quand l'occident s'enflamme et que les hirondelles
Au bord des toits moussus viennent ployer leurs ailes,
    Et descendent du ciel serein ;

Lorsque des bruits confus passent dans la feuillée ;
Quand la lune apparaît rougissante et brouillée,
    Sur la cime des bois jaunis,

N'avez-vous pas, fuyant vos bruyantes demeures,
Errant sans savoir où, laissé couler les heures,
    Tout plein de vos beaux jours finis ?

Et lorsque vous alliez sous l'ombreuse ramure
Des grands bois chevelus, dans la nuit calme et pure
    Écoutant parler votre cœur,
N'avez-vous pas, sortant de votre rêverie,
Surpris une ombre errant, là-bas, dans la prairie,
    Un fantôme doux ou moqueur ?

N'avez-vous pas saisi, dans l'éternel silence,
Quelque refrain joyeux, quelque vieille romance,
    Un de ces airs qui ne fuient pas ?...
Celui qu'en vous berçant on fredonnait peut-être,
Ou la chanson d'amour qu'à l'étroite fenêtre
    Le soir vous lui disiez tout bas ?...

Et sentant s'éveiller vos craintives pensées,
Au seul bruit de vos pas sur les herbes froissées,
    Au faible murmure du vent,
N'avez-vous pas ouvert le livre où tout se grave,
Celui des jours passés, et d'un doigt lent et grave
    Tourné les pages en rêvant ?

Oui! car n'est qu'au soir, à l'heure où tout sommeille,
Quand le soleil descend dans sa couche vermeille,
Lorsque s'apaisent tous les bruits,
Que l'âme doucement dit sa joie et ses peines;
Et, sous le bleu regard des étoiles lointaines,
S'ouvre comme une fleur des nuits!

Rondels

A Théodore de Banville

Dédicace

A Théodore de Banville,
Adorateur des cieux ouverts,
Du grand Zeus et des lauriers verts,
Poète fier, rimeur habile,

Dont la muse est noble et subtile,
Je dédie humblement ces vers
A Théodore de Banville,
Adorateur des cieux ouverts.

Ronsard chantait Margot qui file ;
Lui, pleure les temples déserts,
Et moi, cherchant de nouveaux airs,
Je jette en riant cette tuile
A Théodore de Banville !

Pour Phylis

L'altière et cruelle Phylis,
La beauté que mon cœur adore,
Est aussi rose que l'aurore ;
Son front a la blancheur des lis.

Elle a l'air grave d'une miss
Qu'un éternel ennui dévore,
L'altière et cruelle Phylis,
La beauté que mon cœur adore.

On la dit fille de Cypris ;
Aussi sur ma flûte sonore
Je veux dire et chanter encore
Cette nouvelle Amaryllis,
L'altière et cruelle Phylis.

A celles de mon pays

Moi, j'aime votre franc langage,
Brunes filles de mon pays,
Vos yeux clairs où mon cœur s'est pris,
Votre air fripon autant que sage.

Coquettes au rose visage,
Aux blanches dents, aux gais souris,
Moi, j'aime votre franc langage,
Brunes filles de mon pays.

Vous avez, dit-on, du courage,
L'âme bonne et le cœur épris;
Mais... trop cruels sont vos mépris...
Payses au riche corsage,
Moi, j'aime votre franc langage !

Au Printemps...

Au Printemps j'ouvre mes volets;
Qu'il entre, l'aimable enchanteur!
Non, non, Avril n'est point menteur:
Mes lilas blancs et violets

Déjà sont fleuris, voyez-les!
Les beaux jours ont plus de lenteur...
Au Printemps j'ouvre mes volets;
Qu'il entre, l'aimable enchanteur!

Le ciel est plein d'ardents reflets,
L'air tiède est chargé de senteur,
La fauvette chante en mineur,
Le rossignol en triolets...
Au Printemps j'ouvre mes volets !

Le Guel

Le Guel est un site charmant,
Plein de fleurs, vibrant de ramages ;
Dans les taillis, sous les feuillages,
Des eaux glissent furtivement.

Les poëtes y vont rimant
A la fraîcheur de ses ombrages.
Le Guel est un site charmant,
Plein de fleurs, vibrant de ramages.

J'y venais, quand j'étais enfant,
Cueillir les églantiers sauvages;
Mais combien que l'on disait sages
Y vinrent au soleil couchant !...
Le Guel est un site charmant !

A un vieil Ami

Mon cher maître et mon vieil ami,
A vous ces strophes cadencées
Aux belles modes délaissées
De Ronsard et Belleau Rémy.

Mes vers ne sont bons qu'à demi,
Mes rimes sont mal nuancées.
Mon cher maître et mon vieil ami,
A vous ces strophes cadencées.

L'élève a pris âge et souci ;
Mais souvent courent ses pensées
Aux heures près de vous passées.
Vous les rappelez-vous aussi,
Mon cher maître et mon vieil ami ?

A une jeune Amie

Madame, vous souvenez-vous
Des longs soirs du temps d'autrefois?
C'était le temps heureux, je crois,
Le souvenir m'en est bien doux!

Nous étions peut-être un peu fous,
Mais qu'importe pour une fois!
Madame, vous souvenez-vous
Des longs soirs du temps d'autrefois?

Nous parlions de tout et de tous,
Mêlant Chopin à Delacroix,
Le clavier chantait sous vos doigts,
Et je vous aimais... entre nous...
Madame, vous souvenez-vous?

Sur la Bûche

La bûche pétille dans l'âtre,
C'est une froide nuit d'hiver;
Le grand chemin est tout couvert
D'un manteau blanc comme l'albâtre.

La lune pâlie et bleuâtre
Voyage dans le ciel désert.
La bûche pétille dans l'âtre,
C'est une froide nuit d'hiver.

Ne me parlez point de théâtre,
De bal paré ni de concert.
Mieux vaut devant table et couvert
Boire et chanter à trois ou quatre.
La bûche pétille dans l'âtre !

Renouveau

L'heure des amours est venue;
Mignonne, il faut sécher vos pleurs,
Les chemins sont brodés de fleurs,
L'aubépine est de blanc vêtue.

Dans la forêt verte et chenue
Déjà sifflent les oiseleurs.
L'heure des amours est venue;
Mignonne, il faut sécher vos pleurs.

Où donc votre grâce ingénue,
Vos fraîches et vives couleurs,
Vos regards fiers et querelleurs ?
Dans l'air chante une âme inconnue...
L'heure des amours est venue !

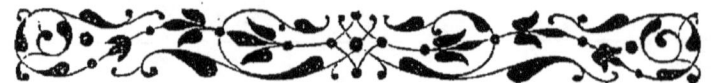

Le Souvenir

Les souvenirs s'effeuillent vite !
Ils sont pareils aux fleurs des champs,
Aux splendeurs frêles des printemps,
Aux muguets, à la marguerite.

En moi pourtant vit et palpite
Un nom chéri depuis longtemps.
Les souvenirs s'effeuillent vite !
Ils sont pareils aux fleurs des champs.

Pour s'enrichir chacun s'agite,
Mais d'aimer nul n'a plus le temps,
Tout passe et s'oublie en dix ans!
Moi seul pense à toi, ma petite:
Les souvenirs s'effeuillent vite!

Sur la Musique

J' en conviens, j'aime la musique,
Qu'elle soit de Pierre ou de Paul,
Qu'on joue en ut ou bien en sol,
Du romantique ou du classique.

Que ce soit Guillaume ou Manrique
Qui chante avec ou sans bémol,
J'en conviens, j'aime la musique,
Qu'elle soit de Pierre ou de Paul.

On dit Berlioz excentrique,
On traite Beethoven de fol,
On accuse Mozart de vol.
Quant à moi, pour toute réplique,
J'en conviens, j'aime la musique.

A une qui a les yeux gris

Mignonne, je me suis épris
De vos étroites mains d'ivoire,
De votre bouche où je veux boire
Jusqu'à ce qu'on me trouve gris.

Je vous aime, et je vous l'écris,
C'est le moins beau de mon histoire.
Mignonne, je me suis épris
De vos étroites mains d'ivoire.

Mais vous prenez un air surpris,
Et vous refusez de me croire?...
Et pourtant, c'est chose notoire,
Que de vos yeux, vos beaux yeux gris,
Mignonne, je me suis épris !

Pour boire

Çà, Lison, verse-nous du vin ;
Jusques au soir nous voulons boire
A tes yeux, ta gorge d'ivoire,
A l'amour, ce fléau divin !

J'ai laissé ma gourme en chemin,
Hier en revenant de la foire.
Çà, Lison, verse-nous du vin ;
Jusques au soir nous voulons boire.

Qui sait si nous boirons demain !
Prends-les donc dans la cave noire,
Ces vins, notre meilleure gloire,
Et sans peur, la cruche à la main,
Çà, Lison, verse-nous du vin !

Marines et Paysages

A Leconte de Lisle

A Leconte de Lisle

Au pays de la vigne et des amandiers blancs,
  Où dans l'air toujours pur vibrent les farandoles,
Où dans les figuiers verts, les maïs et les saules
Bourdonnent les frelons, sifflent les ortolans ;

Sur les bords de la mer chantante aux vagues molles,
Dans Arles la païenne et ses cirques brûlants,
A travers la Camargue aux lacs étincelants,
Pleine de grands criquets et de cigales folles.

Un refrain à la bouche, un bâton à la main,
A midi, pour charmer la longueur du chemin,
Je rimai ces sonnets et ces strophes nouvelles.

Et c'est à vous, poète, ami des chauds soleils,
Des vastes horizons et des lointains vermeils,
Que j'offre ces tableaux marins, ces aquarelles.

Invocation

O mer, depuis la terre où le Soleil se lève
Jusqu'aux pays brumeux, royaume de l'autan,
Depuis l'Inde, ce clair rivage où va mon rêve
Jusqu'au pôle glacé ton empire s'étend !

O mer, c'est dans ton sein qu'Aphrodite sommeille,
Et si tes Dieux ont fui comme de blancs oiseaux,
C'est dans tes bras divins que l'Aurore s'éveille ;
La vie erre et bouillonne encore dans tes eaux !

9

Je te salue, ô mer, reine inconstante et fière !
J'aime ta grande voix, j'aime ton souffle amer,
Ton immensité bleue, ô mer, divine mer,
Et tes purs horizons inondés de lumière !

Mais ta sérénité me trouble en me charmant,
Et comme un albatros que l'ouragan soulève,
Mon âme sur tes flots se grandit et s'élève
Et dans le libre éther plane joyeusement !

Le Phare

La mouette et le goëland,
Rasant l'onde, quittent le large ;
Pareils à l'escadron qui charge,
Les flots se cabrent en hurlant.

La fraîcheur vient, le vent se lève ;
L'occident rougit peu à peu,
Et profonde et grave s'élève
L'immense voix du désert bleu.

Sur l'horizon, au bord des lames
Le soleil s'arrête un moment :
On dirait un navire en flammes ;
Puis, il coule à pic brusquement.

Les grandes vagues sur la dune
Apaisent leurs derniers sanglots ;
Et là-bas, une large lune
Émerge en blanchissant les flots.

Le jour a fui, la nuit arrive,
Au ciel flotte un voile sanglant,
Et le phare ouvre sur la rive
Son grand œil doux et vigilant !

Le Marais

Dès le matin, hissant la voile au bout du mât,
A travers le marais rempli de grandes herbes,
Où les joncs chevelus dressent leurs fines gerbes,
J'aime à voguer, sondant des yeux l'horizon plat.

Une blanche vapeur flotte dans l'air tranquille,
L'eau scintille au soleil comme un vaste miroir,
Et les oiseaux, quittant leurs retraites du soir,
S'envolent vers la rive où la chasse est facile.

Maguelonne, perdue au sein des étangs bleus,
Dresse dans le lointain ses murs impérissables.
On dirait un navire échoué sur les sables
Attendant la marée avec ses flots houleux !

De longs frissonnements passent dans les ailantes ;
Ce n'est pas l'heure encore où les feux de midi,
Rayonnant sans pitié dans le ciel alourdi,
Brûlant la grève sourde, assoupissent les plantes !

Tout est calme et douceur, et j'écoute en rêvant
Les mille bruits du jour que m'apporte la brise,
Tandis que, vent arrière, et sous sa voile grise,
Un brick passe, là-bas, fier, le cap au Levant !

Les Huttes

C'est un triste et pauvre village,
Des huttes faites de roseaux
Comme les nids des grands oiseaux,
Que l'on trouve sur le rivage.

Un phare blanc dans le lointain,
Un étroit jardin où l'on parque
Une chèvre, et puis une barque,
Son grand mât, et son foc latin.

Sous de larges voiles tendues
Des filets noirs, carrés ou ronds,
Comme des ailes étendues,
Au sommet de vieux avirons.

Des enfants bruns aux yeux limpides,
Déjà robustes et bien pris,
Poursuivant avec de grands cris
Le vol des mouettes timides.

Et fuyant vers l'horizon clair
La nourrice douce et traîtresse,
La toute-puissante maîtresse,
La mer, l'inconsolable mer !

Arles

La mer bleuit au loin et scintille au soleil ;
Le vent souffle de l'Est, et dans sa robe grise
La ville près du Rhône est mollement assise ;
Mais elle dort d'un lourd et tragique sommeil !

Arles, quand sonnera l'heure de ton réveil !
Ville marine, un jour par la terre conquise,
Tu naquis de la mer de ton beau fleuve éprise,
Mais ton règne fut court comme un été vermeil !

Cité des Alyscamps et des tombes païennes,
Tes femmes valent mieux que tes noires arènes,
Tes portiques de marbre au profil élégant.

En elles ta splendeur survit, reine perdue,
Que ta mère laissa sur le sable étendue
Comme une épave immense après un ouragan!

Une Chaumière

Près des autels écroulés
Fiers de leur gloire première,
C'est une vieille chaumière
Aux volets démantelés.

Adossée au blanc portique
D'un temple grec, on dirait
Voir quelque paralytique
Qui, songeur, se chaufferait.

Les iris et l'asphodèle,
La fleur qui si bien endort,
Épaississent autour d'elle
Leurs tapis d'azur et d'or.

Ses murs sont de terre blanche,
Les frelons y font leur nid;
Son toit démembré se penche
Jusqu'au gazon qui jaunit.

Près d'elle monte la garde
Un Pan manchot; — l'air moqueur,
Un vieux Sylvain la regarde :
On dirait qu'il lui fait peur.

Elle a l'air triste et craintive
Parmi ces dieux en exil;
Mais elle n'est que pensive,
Car, dès que fleurit Avril,

Dès que la terre est en joie,
Elle prend des airs coquets
Et sa maigre échine ploie
Sous la neige des muguets!

Et sur ces débris moroses
Que le temps flétrit et mord,
La Vie, au milieu des roses
Semble naître de la Mort !

La Crau

En proie au vif soleil, sous un ciel implacable,
Voici la Crau, triste désert fait de cailloux,
Coupé de loin en loin de grands amas de sable
Qui prennent en été des tons fauves d'or roux.

C'est ici que s'ébat le mistral indomptable.
Point d'herbe. Des chardons aussi durs que des clous.
Le sol a conservé la trace ineffaçable
Des combats fabuleux qui vinrent jusqu'à nous.

Rien qui vive ou respire en la morne étendue :
D'un côté le grand fleuve et de l'autre la mer
Avec sa grande voix, son miroitement clair,

Et parfois seulement, comme une ombre perdue,
Errant au bord des lacs que tourmente le vent,
Un pâtre qui conduit ses troupeaux en rêvant!

Aigues-Mortes

Dédaignée, à peine connue
Au fond de son golfe irrité,
C'est une plage triste et nue,
Mais belle en son aridité.

Des terrains détrempés et vagues,
Un lido très mince et mouvant,
Digue fragile que les vagues
Brisent au moindre coup de vent.

Des étangs salés où se mire
Un ciel éternellement bleu,
Une mer rude sans navire
Avec un grand soleil de feu.

D'immenses marais où pourrissent
Des joncs et des varechs gluants,
Où dès l'automne s'établissent
De grandes tribus d'oiseaux blancs.

Des fleurs incolores et pâles,
Des ailantes, des lis marins,
Toujours battus par les rafales,
De vastes horizons sereins.

Au bord des grandes eaux saumâtres
Où vient s'abattre le flamant,
De noirs taureaux avec leurs pâtres
Errant silencieusement.

Et dans la lagune captive,
Malgré ses remparts et ses tours,
Aigues-Mortes fière et pensive
Qui pleure sur les anciens jours!

En Provence

Dans la pinède verte, au flanc des rochers gris
Dont le flot vient baigner les puissantes assises,
Sous les arbres pâmés où s'endorment les brises,
J'aime venir m'asseoir dans les gazons flétris.

C'est l'été. Dans le chanvre et les tamarins pâles
Que brûlent le soleil et le vent de la mer,
Sans trêve retentit la chanson des cigales,
Et mon œil ébloui dans les lointains se perd.

O rive fortunée! Horizons enchanteurs!
Ainsi que les blés mûrs, au pied du promontoire
La vague bleue ondoie et par places se moire,
Et l'air marin s'emplit de sauvages senteurs.

Et la lumière pleut, pleut des cieux implacables!
La plage flambe au loin autour des blancs îlots,
Tandis que les salants miroitent dans les sables
Comme des plats d'argent apportés par les flots.

Mais le soir vient! Dans l'or les côtes sont noyées;
Ah! qu'il est doux alors de rêver et de voir
Passer les grands vaisseaux aux ailes déployées,
Qui s'en vont dans le calme et la pourpre du soir!

Les Cigales

Dans les frênes muets et pâles
Abattus par le grand soleil
Passe le chant clair des cigales,
Au bruit des crécelles pareil !

*
* *

Pas un souffle, pas une brise,
La mer brûle sous le ciel d'or ;
Des chalands à voilure grise
Descendent le Rhône qui dort.

Avec les martinets agiles,
Sur l'eau verte et sans mouvement,
Des papillons bleus et fragiles
Tourbillonnent incessamment.

Tandis que, harcelés des mouches,
De chaleur stupides et fous,
Dans les joncs, des taureaux farouches
Beuglent, couchés sur leurs genoux.

* *

Dans les frênes muets et pâles
Abattus par le grand soleil
Passe le chant clair des cigales,
Au bruit des crécelles pareil !

* *

Aux remparts brûlants accrochées,
Des treilles aux feuillages gris
Jusqu'aux fontaines desséchées
Traînent leurs rameaux amaigris.

Les tournesols remplis de joie
Se tordent, ivres de soleil.
L'air chauffé palpite et flamboie
Là-bas dans un prisme vermeil.

Et sans peur des hommes qui passent,
Près du fleuve, les yeux ardents,
Des jeunes fllles se délacent
Une fleur d'amandier aux dents !

* \
* *

Dans les frênes muets et pâles
Abattus par le grand soleil
Passe le chant clair des cigales,
Au bruit des crécelles pareil !

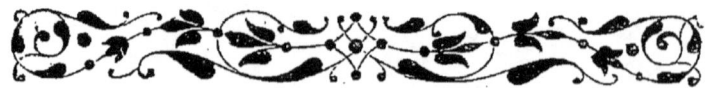

L'Étang

Le soleil comme un boulet rouge
Tombe du ciel bleu dans l'étang...
On dirait un grand lac de sang.
Voici le soir, plus rien ne bouge.

Les vastes forêts de roseaux
Courbent leurs fines tiges vertes,
Où, sans peur d'être découvertes,
Nichent des familles d'oiseaux.

La lune se lève, l'eau fume
Comme une chaudière qui bout,
Tandis que là-bas, vent debout,
Un vapeur glisse dans la brume.

Cependant le soleil est mort,
Les mariniers carguent leurs voiles,
L'ombre gagne la mer qui dort,
Le ciel se constelle d'étoiles.

Et vers l'horizon où tout fuit,
Se confond, se mêle, s'efface,
Uu grand vol de mouettes passe,
Cherchant un abri pour la nuit !...

L'Orage

La mer muette est menaçante,
Les pétrels joyeux battent l'air,
Par instants un furtif éclair
Tremble au fond de la nue ardente.

Un grand silence, où l'on perçoit
Des bruits très lointains de tonnerre,
Toutes voiles hors, fier et droit,
Un blanc vaisseau qui fuit la terre.

Pas le moindre frémissement.
Au bord des quais où rien ne bouge,
Des mâtures sur le ciel rouge
Se dressent énergiquement.

Mais une inquiétude vague,
Tout à coup un brusque frisson,
Et là-bas une immense vague
Qui s'enfle et court à l'horizon.

Tombée de Jour

L'air est vif, le ciel est gris perle,
Les nuages sont violets.
La mer clapoteuse déferle
En roulant algues et galets.

Des femmes aux puissantes hanches,
Le front doré, suivent le bord.
Le Golfe sous le vent du nord
Est tout couvert de voiles blanches.

Et là-bas où le ciel et l'eau
Se confondent, à bien des lieues,
Un grand voilier comme un oiseau
S'enfuit dans les profondeurs bleues !

Fusains d'Automne

A FRANÇOIS COPPÉE

Lever de Soleil

LES coteaux sont couverts d'une teinte rosée,
L'air est plein de mollesse et de parfums troublants,
Et dans les gazons ras les gouttes de rosée
Brillent comme des pleurs au bout des cils tremblants !

Les bruits dorment encor, mais les fermes s'éveillent;
Les toits fument; des gars, tête nue et bras nus,
S'étirent, sur les seuils, et les bons chiens qui veillent
Gambadent en flairant des fumets bien connus.

La grange s'ouvre avec un cliquetis de chaînes ;
Les bœufs sortent, pesants, alourdis de sommeil ;
Puis, ayant bu, là-bas, dans l'auge sous les chênes,
Mugissent lentement devant le ciel vermeil !

Le soleil resplendit ! Parmi les pâquerettes
Quelques frelons glacés achèvent de mourir,
L'œil ivre de lumière, et les bergeronnettes
Tout le long des sentiers commencent à courir !

La brume se dissipe ; aux branches dépouillées
Pendent de longs fils blancs que le vent fait mouvoir,
Et les geais piailleurs, dans l'or clair des feuillées,
S'appellent bruyamment sans qu'on les puisse voir.

C'est bien là le matin ! mais le matin d'automne,
Triste, quoique très doux, vaporeux et changeant.
Le soleil paraît blême et le ciel monotone
Semble fait de satin, d'or et de pâle argent,

Et malgré les oiseaux et les dernières roses,
Sous le fard de l'aurore et son rire vainqueur
Sentant percer l'ennui des longs hivers moroses,
On se recueille, on songe, et le froid vient au cœur !

Couchant d'Automne

En septembre, sitôt que vient le pâle automne,
Dans les combes, au loin, quand la hache résonne,
Oh ! qu'il est doux de fuir, dans les bois dépouillés,
Par les sentiers déserts, sous les arbres rouillés.

Que j'aime m'en aller par les bruyères grises
Qu'étoilent les genêts, que font chanter les brises,
A l'heure où le soleil décline lentement
Sur la forêt où passe un long frémissement !

C'est l'heure douce et tendre où s'eveille le rêve...
Vers l'étable voici venir les grands bœufs roux...
Les moineaux querelleurs se chamaillent sans trêve,
Les bouvreuils inquiets s'appellent dans les houx.

C'est l'instant où, furtifs, dans la fontaine bleue,
D'un coup d'aile faisant craquer les buissons secs,
Les merles de rocher avec les hoche-queue,
Avant de s'endormir viennent laver leurs becs.

Alors le ciel s'emplit de lueurs d'incendie.
Dans la nue escarpée au contour incertain
Le couchant, tout à coup, que le soir irradie,
Flambe comme au reflet d'un sinistre lointain...

Et ce sont des palais, des arches triomphales,
Des temples, des cités que dévore le feu,
Et que le souffle ardent d'invisibles rafales
Dans l'infini des airs disperse peu à peu !

Je contemple, saisi d'une extase enivrante;
Mais soudain tout s'écroule et je presse le pas,
L'œil toujours ébloui, l'âme encore vibrante,
Mais le cœur un peu triste et me disant tout bas :

Ainsi désirs, projets, rêves que rien n'étonne,
Amours longtemps promis, souvenir enchanté,
Sont pareils aux palais des couchants d'or d'automne
Et s'effondrent au vent de la réalité !

Octobre

Le soleil blanc et froid dans les brouillards s'endort;
Les chemins ruisselants sont pleins de flaques vertes,
Et le vent qui s'engouffre en mes portes ouvertes
Se plaint comme des voix qui pleureraient un mort.

Tout est jaune, le ciel, les eaux et les grands arbres.
Des nuages frangés cernent l'horizon bas.
On dirait qu'un frisson d'horreur glace les marbres
Devant l'hiver chagrin qui s'avance à grands pas.

Écoute : Connais-tu ce refrain monotone?
C'est l'air du ramoneur!... Près des tisons fumeux,
Mignonne, asseyons-nous : voici venir l'automne
Avec ses soirs si longs et ses matins brumeux.

Adieu chaleur, lumière, et vous lentes journées,
Silencieuses nuits, crépuscules sereins!
C'est fini! J'ai trouvé sous d'invisibles mains
Mes églantiers flétris et mes roses fanées!

Les Grisettes

Par groupes, relevant leurs jupes dans leur main'
Frileuses, le nez rose et la parole haute,
Les grisettes s'en vont devisant, côte à côte,
Et plus d'un qui les voit se retourne en chemin.

Elles passent, toujours dodelinant des hanches,
Vives, fines ainsi que des pages moqueurs ;
Par l'éclat de leurs yeux et leurs allures franches,
Étonnant les regards et captivant les cœurs !

Mais nul souris ne monte à leurs lèvres mi-closes,
Car l'été s'est enfui ! Le temps d'amour n'est plus !
Les vents ont effeuillé les lilas et les roses
Et les lis qu'on cueillait aux pentes des talus !

Hélas ! le ciel est froid, plein de mélancolie !
Mais le travail appelle et l'on presse le pas,
Lorsqu'un ami survient — « Tu ne passeras pas »;
Dit-il, et sous l'auvent d'une porte on s'oublie !

Sans prendre garde au temps qui ramène la nuit,
On babille, les pieds enfoncés dans la boue,
On espère, on promet. — Et la fillette fuit,
Un peu de joie au cœur et de rouge à la joue !

Chanson du coin du feu

Le soleil se voile, la pluie
Confond les horizons noyés,
Et l'âpre vent du nord essuie
Les arbres jaunis et ployés.

Regarde. — Voilà bien l'automne
Morne avant-coureur de l'hiver,
Avec sa chanson monotone,
Avec son ciel toujours couvert.

S'il nous reste des hirondelles,
C'est que l'âge, l'âge vainqueur,
En brisant leurs fragiles ailes
A glacé le sang de leur cœur.

Et tu dis : Que deviendront-elles
Sous le souffle des froids hivers,
Les pauvres vieilles hirondelles,
Loin du soleil, des palmiers verts?

Mais la bise rude et mordante,
Qui te fait ce teint rouge et bleu,
Te chasse, ma chère indolente,
Toute pensive au coin du feu.

Tu rêves les yeux sur la flamme,
Tu regrettes l'été joyeux!
La tristesse gagne ton âme
Et les pleurs emplissent tes yeux...

Mais que fait l'autan qui se joue
Des feuilles mortes et des fleurs,
Quand le printemps rit sur ta joue,
Quand l'amour fleurit dans nos cœurs?

Laisse venir l'hiver morose;
Il t'effraye et tu l'aimeras,
Car dans notre chambrette close
Nous serons heureux, tu verras!

Pareils aux oiseaux que rassemble
L'ouragan glacé dans les nids,
Près du feu nous ferons ensemble
Les rêves des printemps finis.

Redisant nos peines anciennes,
— Joyeux comme des bohémiens, —
Tes petites mains dans les miennes,
Tes grands yeux perdus dans les miens!

Et songeant aux heures passées,
Aux jours envolés pour jamais,
Mes lèvres aux tiennes pressées,
Nous dirons : « Comme tu m'aimais! »

Et près de l'âtre plein de joie,
Où les follets dansent en rond,
Mieux qu'en août, lorsque tout flamboie,
Les heures brèves passeront!

Premières pluies

Que les cieux aujourd'hui sont pâles et brouillés !
Il fait encore jour et pourtant les lanternes
Brûlent déjà, semant d'astres rouges et ternes
Les ruisseaux débordants et les trottoirs mouillés.

Du faîte des maisons de longs plumets de suie
Montent et dans les airs roulent éperdument,
Et l'horizon chagrin sous un voile de pluie,
Confondant ses couleurs, se cache à tout moment.

C'est l'automne ! Ce sont les premières ondées.
Parfois, comme un proscrit, le soleil rit encor ;
Mais au premier frisson, brusquement émondées,
Les vignes ont jonché le sol de feuilles d'or.

Et malgré tout, sous les tilleuls bravant l'averse,
Grande et la taille souple avec un air fringant,
Une femme bien mise, en velours bleu, traverse
Le boulevard désert en ajustant son gant.

Le Rendez-vous

Au couchant morne et rouge une clarté s'allume,
Adieu tristement doux d'un soleil maladif !
Aux vitraux empourprés s'accroche un éclair vif;
Comme un brasier éteint la ville entière fume.

Cinq heures ! La nuit vient déjà rapidement.
Voici le soir propice aux tendres aventures;
La rue est éclairée au feu des devantures,
Et les chats dans les cours glissent furtivement.

Or, tandis que là-haut on prépare les lampes,
Trouvant un vain prétexte et sous les chênes roux,
— Écoutant le sang battre et siffler à ses tempes, —
Une fillette court joyeuse au rendez-vous...

Ah! l'automne a du bon, car l'ombre est plus profonde,
Les matins sont plus courts, plus vite vient le soir !
Et toi, tu le sais bien, ma folle à tête blonde,
On s'embrasse bien mieux quand il fait un peu noir !

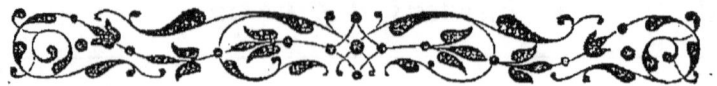

Pêcheurs à la ligne

Les coteaux sont voilés, les arbres amaigris
Tordent au bord de l'eau leur frêle silhouette,
Et le vent déchaîné, qui râle et pleure, fouette
Et chasse dans les airs de lourds nuages gris.

Mélancoliquement sur les cieux froids et mornes
Les tours dans le lointain dressent leurs toits pointus,
Et sans abri, fixés au sol comme des bornes,
Des pêcheurs sont là-bas, par l'averse battus.

Stoïques et muets, le long des hautes rives,
Les pieds dans l'herbe grasse et molle, sans s'asseoir,
Ils rêvent, oublieux des heures fugitives !
L'œil sur le bouchon vert du matin jusqu'au soir.

Les chapeaux enfoncés, les ailes rabattues,
Sans se lasser jamais, depuis le point du jour,
Les pêcheurs resteront, impassibles statues,
Jusqu'à l'heure où la proie aura fui sans retour !

Aussi dans les buissons où la ligne s'accroche,
Ils guettent, sans souci de l'orage, écoutant
Dans l'immense rumeur de la nuit qui s'approche,
L'eau vive entre les joncs glisser en clapotant.

Et cependant il pleut sans cesse ! La rivière
Est couverte partout de bulles et de ronds,
Et toujours on les voit dans leur pose première
Graves, fiers et pensifs ainsi que des hérons !

Les Hirondelles

Aux corniches des toits de grands vols d'hirondelles
S'attroupent en criant : il pleut, le ciel est noir ;
Et les oiseaux troublés, voyant venir le soir,
Se lamentent avec de longs battements d'ailes.

La girouette grince avec des cris plaintifs.
Frissonnants et muets, les passereaux avides
Sont blottis dans les pins et les branches des ifs,
L'œil tourné tristement vers les cieux froids et vides.

Mais soudain un rayon furtif comme un éclair
Perce la nue et vient toucher les hirondelles,
Et, comme un chapelet, ouvrant ses noires ailes,
La bande des oiseaux s'éparpille dans l'air.

Cruelle illusion ! O trompeuse espérance !
Comme un voile tiré sur un décor joyeux,
Les nuages de plomb qui montent en silence
Inexorablement obscurcissent les cieux !

Et le soleil mourant, rouge et pourtant très pâle,
S'enfonce tout à coup dans le couchant lavé,
Laissant comme un lambeau de pourpre triomphale
Un long reflet de sang traîner sur le pavé !

Après la tempête

La tempête a cessé ; les rigoles accrues
Envahissent les seuils et lavent les cailloux ;
Dans les noirs carrefours, au fond des vieilles rues,
Courent de blonds enfants, de l'eau jusqu'aux genoux.

Par bande, on les voit pousser sous les gouttières,
Nu-tête, les cheveux plaqués sur leur front blanc,
Des flottes de papier, des escadres entières,
Que le courant emporte et couche sur le flanc.

Mais le ciel s'assombrit; triste, le jour s'achève,
Et là-haut, déroulant leurs cercles infinis,
Les martinets tournoient et s'appellent sans trêve
Autour des flèches d'or et des dômes jaunis.

O brumeuse saison! Automne morne et pâle,
Je t'aime cependant, lorsque, les pieds roussis,
Un bon livre à la main, j'écoute la rafale,
Dans un large fauteuil profondément assis!

Novembre

Oh! le lugubre jour! Les passants qui sont rares
Sur la pointe du pied se hâtent! voyez-les.
Sur les clochers là-bas et les bassins des squares
Le soleil qui s'en va met de sanglants reflets.

Les nuages sont lourds, sans cesse le vent change;
Les oiseaux attristés ont fini leurs chansons,
Et le Lot débordé, roulant ses flots de fange,
Se moire à tout instant, sous de brusques frissons.

Mon jardin saccagé n'a plus ni fleurs ni feuilles ;
Je viens de le revoir, tout est sombre et rouillé.
Sous la charmille épaisse, où sont les chèvrefeuilles,
Deux mésanges gisaient dans le sable mouillé.

Te voilà donc venue, ô saison des ténèbres,
O fatale saison, mère des longs soucis,
Qui dans les bois déserts traînes des voix funèbres
Et chasses loin de nous les rossignols transits !

La Neige

La neige tombe doucement
Sur la terre inerte et glacée,
Le ciel silencieusement
Enveloppe la trépassée.

La neige tombe doucement,
Et dans les taillis, sur les branches,
Ainsi qu'un ouvrier flamand,
Accroche ses dentelles blanches.

La neige tombe doucement
Sur le chaume qu'elle festonne,
Dans l'âtre flambe le sarment ;
Voici l'hiver, adieu l'automne !

La neige tombe doucement,
Les coteaux sont couverts de neige.
Dans les pins au blanc vêtement
La bise roule son arpège.

La neige tombe doucement,
Et, fier des beaux pièges qu'il forge,
Pour jouer, un baby charmant
Assassine les rouge-gorge.

La neige tombe doucement,
Sous son poids le laurier se penche,
Et là-bas dans l'éloignement
La grande route est toute blanche.

Toc ! toc ! Qui donc à ce moment
Frappe chez nous ? — Ouvrez, de grâce !
C'est lui, le vieux d'Eylau qui passe !....
La neige tombe doucement.

TABLE DES MATIÈRES

RONDELS

MARINES ET PAYSAGES

FUSAINS D'AUTOMNE

Paris. — Charles Unsinger, imprimeur, 85, rue du Bac.

ŒUVRES COMPLÈTES
DE
FRANÇOIS COPPÉE
Édition in-18 jésus, papier vélin.

POÉSIE

Paris. — Charles UNSINGER, imprimeur, 83, rue du Bac.

www.ingramcontent.com/pod-product-compliance
Lightning Source LLC
Chambersburg PA
CBHW051821020726
47502CB00005B/1569